KB047014

아
우
내
의

새

아우내의 새

문정희
장시집

ㄴㄴ〉〈ㄷㄴ

이화여고 교정. 유관순 동상 벽면에 새겨진 『아우내의 새』 서시.

개정증보판 서문

16세의 어린 입술에서 자유를 부르짖는 소리가 이 땅을 뒤흔든 지 벌써 100년이다. 만세를 부르다 피멍 든 몸으로 그 이듬해 그녀가 감옥에서 숨을 거둔 지도 곧 또 100년이다.

어두운 시대에 태어난 우리의 푸른 별! 유관순의 슬픈 자유혼과 눈부신 이름을 부르며 쓴 장시 『아우내의 새』가 다시 개정판을 펴내게 되었다.

처음 『아우내의 새』(일월서각, 1986)를 쓰고 출판할 당시 나는 이십대에서 삼십대로 넘어가는 젊은 시인이었다. 그런데 이상하게도 나는 나날이 늙어갔지만 『아우내의 새』는 나날이 푸르러간 것 같다. 유관순의 모교인 이화여고는 2006년에 세운 유관순 동상 벽면에 『아우내의 새』의 서시를 대리석에 새겨넣었다. 또한 이 장시는 그동안 시극으로, 낭송으로, 라디오 드라마 등으로 수없이 소개되었다. 시집도 멋진 그림과 함께 복간(랜덤하우스, 2007)되는 기쁨을 누리었다. 그리고 또 이번에 다시 출

판사 난다의 김민정 시인에 의해 개정판을 펴내게 되었다. 두루 감사하고 감사하다.

첫번째 낸 시집에 해설을 써주신 신경림 선생님, 이상호 교수, 황주리 화백께 감사를 드린다. 두번째 복간본에 발문을 써주신 김지하 시인, 해설을 써주신 이숭원 교수, 정정엽 화백께도 다시 한번 깊은 감사를 드린다.

『아우내의 새』는 대한민국 역사박물관에서 새로이 음악극으로 제작되는 기쁨도 누리게 되었다. 많은 사람이 어두운 시대를 타올랐던 숭고한 자유혼과 상처를 되새겨볼 수 있기를 바라는 마음 간절하다.

2019년 초겨울
문정희

개정판 서문

 젊은 한 시절을 나는 이 작품과 함께 보냈다. 진실이 침묵으로 은폐되고, 부자유와 억압이 난무하는 가운데 빛나는 혼과 용기를 가진 시인이 감옥에서 사형수가 되어 뒹굴던 시절이었다.

 문학을 생애 속에 깊이 끌어안고 싶었던 나는 그때, 인간의 진실과 언어의 한계에 대해 깊은 고민과 자괴에 빠져들 수밖에 없었다. 그래서 역사를 뒤졌고 신화를 읽었으며 여러 인물들을 만났다.

 이 땅의 시인으로서 부채감과 무력감에 시달리며 바람 부는 땅을 헤맸었다.

 이 슬픈 시집은 그러므로 엄혹한 그 시대를 통과하며 숨죽였던 나의 슬픔에 대한 고백이며, 그토록 동경하던 자유혼에 대한 헌사이다.

 나는 민족과 애국을 말하는 데 서툴다.

 이념을 소리쳐 주장하는 데도 서툴기는 마찬가지이다.

 그럼에도 이 시를 쓰는 10여 년 동안 정신의 나이테 하나를 견고히 할 수 있었음은 참 행복한 일이다.

눈부신 소녀의 자궁이 파열되는 순간, 불의는 파멸했고 자유와 생명은 하나의 날개로 영원히 비상할 수 있었음을 나는 믿는다.

1986년, 처음 이 시집을 펴낼 때 해설을 써주신 시인 신경림 선생님, 이상호 교수, 그림을 그려준 황주리 화백께 새삼 감사드린다.

오랫동안 투옥 작가로 세계 인권의 주시 속에 있었던 김지하 선생님, 무사히 시인으로 돌아와 이 시집에 글을 써주실 수 있어 감격스럽다. 자주 목울음을 삼키며 해설을 썼다는 이숭원 교수께도 깊은 감사의 마음을 전한다.

딸에게 이 시를 쓰게 하려고 노구에 어린 손녀를 등에 업고 골목에서 서성이던 어머니가 지금 지하에서나마 기뻐하시리라.

2007년 6월
문정희

초판 서문

16세의 죽음! 사인(死因)은 자궁 파열!

나는 곧 끓어오르는 나의 핏발 위에 '죽음과 소녀'의 바늘을 올려놓고 울었다.

근세에 보기 드문 완벽한 자유주의자.

그러나 그의 이름자 뒤에는 언제나 열사라거나 누나라는 말이 따라다녀서 우리는 그의 순수하고도 더운 피를 만나볼 수 없었고, 그의 살아 있는 풋풋한 목청을 들어볼 수 없었다.

관념적이고 우상화된 역사 속의 대상이 되어 하나의 하얀 결과로만이 우리 앞에 서 있는 소녀! 그것은 그의 뜨거운 죽음에도 불구하고 진정한 역사로서의 의미를 상실한 것이 아니고 무엇이랴.

나는 신념을 몸으로 태워버린 용기의 불꽃에다 앵글을 맞추고 각 신문사의 자료실과 도서관을 뒤지기 시작했다.

그리고 아울러 아우내 장터와 지령리 생가와 매봉과 피를 나눈 사람들을 햇살 속에서 만났다. 1975년 초봄이었다.

그때 이십대였던 젊은 나는 마침 이 시대의 모든 가치와 우리들의 서투른 자유가 마구 업수이여김을 당하고 있는 것을 바라보면서 밤마다 '관순'을 붙들고 갈증과도 같은 열병을 치렀었다.

진실을 침묵으로 일관하고 있는 이 땅의 지성의 삶에 대해서 끝없는 의문 부호를 쏟아내는 가운데 『아우내의 새』는 엮어져 내려갔다.

그녀는 열여섯 살, 고등학교 1학년 여학생.

아아!라는 감탄사 없이는 발음할 수조차 없는 사인!

화상, 창상, 하혈 그리고 자궁파열……

내 곁의 모든 16세 난 딸들의 머리와 어깨를 짚어보며 나는 그녀를, 그녀의 혼을 만나보려고 애썼다. 그러나 겨우 마무리지어진 나의 시편들은 나를 단숨에 절망시켜버리고 말았다.

작가가 지나치게 흥분한 나머지 언어들이 봉두난발춤을 추고 있었다. 물론 유관순이라는 인물 자체도 더욱더 과장된 샤머니즘적 회칠을 하고 난 감정으로 역사를 대했을 때 생길 수 있는 또다른 하나의 전형으로 마치 그리스 신전에 모셔진 우람한 조상처럼 성역화되어 저 멀리 서 있는 것이 그것이었다.

　나는 거기서 유관순과 일단 결별해버릴 수밖에 없었다. 정확히 고백하자면 유관순 속의 모든 언어 속에서 빨리 도망쳐나오고 싶어 나는 그 모든 자료와 언어를 무쇠 자물쇠로 닫아걸고, 애써 딴 데로 가라앉아버렸다.

　나는 차가운 시인으로 인양되고 싶었다.

　관념어와 설익은 실험만이 번득이는 장시(長詩) 속에서 튀어나와 한 마리 신선한 새로 인양되고 싶었다.

　그리고 몇 해 후, 나는 다시 필연적으로 유관순과 해후하게 되었다. 일본의 교과서 왜곡 사건으로 한창 세상이 소란하던 헤였다.

　모두들 흥분해서 궐기대회를 벌인 그 골목에, 저녁에는 다시 가라오케의 간판을 내거는 현실은 나의 발등을 날마다 가로막았다. 그것은 처음 원고를 쓰기 시작했을 때 관순의 생가 부근, 온양 어디쯤에선가 들었던 일본 관광객 곁에 선 젊은 한국 여자의 서툰 일본어만큼이나 나를 혼란시켰다.

한여름 동안 나는 다시 원고를 고쳐나가는 것으로 보냈다.

그러다가 나는 뜻하지 않은 인연으로 나라를 떠나게 되었다. 생각지도 않던 타국에서의 2년.

그 2년 동안을 어떻게 언어로 설명할 수 있으랴.

내가 내 땅에서 30년을 늙을 것을 한꺼번에 늙었으며, 내가 내 땅에서 30년을 가난할 것을, 30년을 추울 것을 모두 한꺼번에 치러버렸으니까!

내 나라를 숲이 아니라 산으로 바라보게 된 것도 그때였었다. 36년의 앵글로 바라보는 일본놈이 아닌 객관화된 일본과 일본인을 처음 보게 된 것도 바로 그때였었다. 참으로 순혈한 피의 2년이었다.

그래서 돌아와 개작한 것이 바로 이 작품이다. 말이 개작이지 거의 처음의 모습을 찾아볼 수 없을 만치 형식이나 내용이 다른 것이 되었다.

이렇게 해서 이 시『아우내의 새』는 나와 오랜 세월을 함께했다.

그러나 이 작품을 쓴 것은 결코 이러한 역사의식이나

사명감 같은 것에서만은 아니다. 아니, 나는 오히려 그런 커다란 것 앞에서는 언제나 주눅이 드는 날라리 피가 더 많다.

그런데도 나는 이 시를 썼다. 그것도 10여 년을 붙들고서.

우리 민족에겐 서사시적 공간이 존재하기 어렵다고 하는 것을 수긍하면서도 이러한 시 형식을 썼다. 장시라는 장르에 대해서 특별히 신선한 해석을 가지고 있는 편이 못 되면서도, 하지만 이 시가 서사시여도 좋고 장시여도 좋고 그 무엇이 아니어도 좋지 않겠는가?

그냥 뼈가 시립기만 할 뿐이다.

한 가지 밝혀두고 싶은 것은 관순의 기독신앙에 관한 것이다. 그녀의 불꽃의 비밀의 많은 부분이 기독신앙 쪽에 있음을 익히 알고 있었으면서도…… 관순 시대의 성서와 찬송가를 구해 읽어보고, 소리 내어 노래도 불러보았지만, 워낙 그 방면으로는 과문한 탓으로 잘 부각시키지 못했음을 하나의 죄책으로 남겨둔다.

창밖에 더운 바람이 불고 있다.

　이 시를 처음 시작했을 때나 지금이나 세상은 여전히 우울하고 일본은 산처럼 거기 딱 놓여 있다.

　"용서하리라. 그러나 결코 잊지는 않으리라."

　유관순, 그는 열사도 누나도 아닌 그보다 더 뜨거운 16세의 불꽃으로 지금도 활활 타오르고 있다.

　이 시를 연재해주신 『심상』과 성원해주신 많은 분들, 그리고 출판해주신 일월서각께 진심으로 감사드린다.

1986년 여름, 한강을 바라보며

문정희

막을 여는 노래

눈이 내리고 있었다.
설원 위에
박쥐들이 날아다니고 있었다.

해묵은 기침 소리가
장지문을 흔들었다.

너무 길어
거추장스러운 장죽
문밖으로
빠끔히 얼굴을 내밀었다.

하아, 눈 참 많이 온다이,
애들은 어디 갔남?
눈구경 갔남?
장지문이 힘없이 닫혔다.

눈 속으로

그림자 하나가
한 발 한 발 달겨들었다.

아무것도 아니듯이
그러나 무참하게
처녀인 눈을 밟아버렸다.

눈 위에
새빨간 피 몇 방울 얼룩졌다.

다음날
느티나무엔 흰 조선옷 한 벌 걸렸다.
아이들이
빙빙 나무 주위를 돌고 있었다.
죽었다! 처녀가 죽었다!

흉흉한 소문이 눈 속을 꿰어 다녔다.
무수한 별들이 떨어져내렸다.

아이들은 별이 질 때마다
소원을 외며
느티나무를 돌고 있었다.

마을은 소리 한번 지르지 못하고
눈 속에 조용히 기절해버렸다.

노인은 식음을 전폐했다.

마을 어귀에서
키 큰 장정들은 서성거리다가
하나둘 알 수 없는 깊은 곳으로 사라져갔다.
죽었다! 나라가 죽었다!

빗물이 뼛속까지 스며들었다.
번개가 휘몰아쳤고
사람들의 눈에 칼날이 박혔다.

천지에서
봇둑물 터지듯이 통곡이 터지기 시작했다.

죽은 처녀의 옷이
밤새 펄럭였다.

그후,
이 마을엔 암울 이외에는
아무것도 자라나지 못했다.

서시

풀꽃 하나가
쓰러지는 세상을 붙들 수 있다.

조그만 솜털 손목으로
어둠에 잠기는 나라를
아주 잠시
아니, 아주 영원히
건져올릴 수 있다.

풀꽃 하나, 그 목숨 바스라져
어둡고 서러운 가슴에
별로 떴다.

꺼지지 않는 큰 별로
역사에 박혔다.

만장의 행렬

하나의 행렬이 가고 있었다.
펄럭이는 만장
땅에 엎딘 백성들의 호곡 속을
하나의 행렬이 떠나가고 있었다.

나라의 옥새
비바람 속에 떨구고
마지막 피로 황포를 적시고

백성들
허허벌판에 세워놓고
하나의 행렬이 떠나가고 있었다.

누구를 탓하랴.
백성은 백의 성에 불과할 뿐
식은 죽 같은 가난과
까만 손톱과
쑥 들어간 눈만이 우리들의 것이다.

우리들은 이제
어느 별 아래 서성일 것인가.

척박의 땅, 빼앗긴 지도,
통곡이 물결치는
반도 하나가
그해, 지상에는 생겨났다.

* 광무제(光武帝, 고종)는 1919년 1월 21일 새벽 비명에 붕어하였다.
일본은 이를 숨기다가 23일 아침에야 국상을 발표했다. 7일 동안 낭
곡을 허하니 전국이 울음바다를 이뤘다. 3월 3일 인산(因山)일에는 전
국에서 사람들이 경성으로 답지했다.

벌거숭이들의 노래

벌거숭이로 칼 앞에 섰다.
땅이
피에 젖어갔다.

기미년 3월 1일 그날 이 땅의
모든 소리에서는
모국어에서는
자유에서는
흰 피가 솟았다.

삼천만은 피 한 덩이
뜨건 김 솟는 수풀이었다.

종달이 메밀꽃 엉겅퀴 바위
코납작이 쌀순이……

한데 타올랐다.

하나의 통곡으로.

하나의 만세로.

* 서기 1919년(단기 4252년) 기미년 3월 1일 전국은 만세에 휩싸였다. 이화학당에서는 2월 28일 이문회(以文會) 정기 모임에서 3월 1일 전 교생이 소복하고 대한문 앞에 나가 망곡하기로 결정한다. 그러나 당 국의 제지로 10여 명의 이화학당 학생들만이 담을 넘어가 만세 대열 에 참가하고 시위대와 함께 교내로 들어와 만세를 외쳤다. 이는 3월 5일 만세 시위로 이어졌으며 이때 박인덕, 신준려 두 교사가 학생 선 동 주모자로 검거 투옥되었다.

수천 개의 질풍으로

바람이 질풍이 되는 건
어려운 일이다.
어렵지 않은 일이다.

참으로 예기치 않은
번갯불
그러나 얼마를 별렀던 일,
만 리 밖에서 뇌우가 치고
나무들이 후둑후둑 잎을 털고
소나기 오듯 햇살이 꽂히고

방방곡곡에서
수천 개의 목청이 터졌다.

"만세 만세"
"물러가라, 침략자 당장 물러가라"
"게다짝은 느그 나라로 당장 꺼져라"

* 기미년 3월 5일 유관순은 연일 계속되는 시위에 이화학당의 서명학,
국현숙, 김분옥, 유점선, 김희자 등과 참가하였다.

일식

서른다섯 해 동안
해가 뜨지 않는 나라가
생겨났다.

째진 눈알에 흰자위를 굴리며
개기름 흘리며
대륙 낭인들의 게다 소리는
대아시아주의
그 떨리는 손을 펴서
반도의 태양을 쥐어버렸다.

태양의 귀를 자르고
태양의 눈알을 빼고
태양의 상투를 꿰어서
줄줄이 엮었다.

길고 긴 일식이 왔다.
캄캄한 땅

피 마른 자국에선 진달래가
서른다섯 번을 저 혼자 피었다 지고
조선 사직은 이리의 뱃속으로 사라져버렸다.

'폐교'의 못

만세 부른 학교마다
쾅쾅 문 닫아걸었다.
'휴교'
세상에 없는 글자 뒤집어썼다.
제복의 구둣발이
운동장과 교실을 점령했다.

조선 학도의 눈과 귀와 가슴에
검은 못질 쳤다.

이화학당, 고등과 1학년
유관순
굳게 닫힌 교문에 기대어 하늘 보았다.

풋콩 비린 적삼 속에
깃발이 흐느끼고

현기증과도 같은 것이

불끈, 화산 같은 것이
하늘에서 쏟아지는 것을 보고 말았다.

빈혈의 땅

무언가 몰려오고 있었다.

총을 쏘아도
단도를 던져도, 장검을 뽑아도
무언가 우르르 몰려오고 있었다.

벽안의 여인
룰루 E. 프라이는
그네의 사투리로 말했다.

"원수를 사랑합세다
원수 위해 기도합세다
하나님은 핍박받는 자의 편입네다"

그러나 이 땅의 꽃들은 어지러웠다.
노란 빈혈이 거리를 메웠다.

죽은 시계

하나둘
시계들이 멎기 시작했다.
숫자판에 독이 묻어나고
시곗바늘엔 정적이 감겼다.

시계 밖으로
흰옷 입은 사람들이 두 줄로 늘어섰다.
백두산에서 한라산까지 늘어섰다.

한 줄은 무릎 꿇고 용수 쓰고 엎디었다.
한 줄은 찢맨 옷에 얼음 발로
주린 배를 움켜쥐고
두만강 건너 만주 벌판으로
떠돌아갔다.

하나밖에 없어
뜨거운 목숨
그 목숨의 비밀을 실천할 수 없어

산 같은 침묵을 입속에 담고
멀리멀리 흩어졌다.

길

앞으로만 가는 것이 길이 아니다.

안으로 안으로 들어가면
거기 숲이 있고 하늘이 있고
천지가 개벽하는 문이 하나 있다.

그 문을 밀고 들어가면
그 다음엔
아 아, 빛의 폭포수가 쏟아지리라.

그러나 다시는 두 다리로 서서 나오지 못하고,
하나의 이름으로 걸어나온다.
새(鳥)로 비상한다.

장독에 자궁 파열
만신창이의 시신
한 개의 검은 관
한 개의 결과가 되어

이름만 별로 걸리고

그것도

한 세월 후에야 별로 걸리고······

그 길로 가고 있다. 어린 관순이

* 유관순의 서울 유학은 집안 어른인 유빈기 씨의 친구 조인원 씨의 추천과 공주 감리교 충청도 교구에 소속된 캐나다 출생의 미국인 여자 선교사 앨리스 샤프에 의해 이루어졌다.

* 앨리스 샤프(ALICE H. SHARP, 1871~1972): 한국 이름은 사애리시로 사람들에게는 사부인이라 불렸다. 1900년 뉴욕 북감리회 소속으로 조선에 파송되었다. 메리 스크랜튼 선교사를 도와 이화학당 교사로 일했다. 1903년 로버트 샤프 선교사와 결혼했다. 남편과 함께 충남 공주로 내려가 근대 여성교육의 모태가 된 명설학교(영명학교)를 세웠다. 1914년 유관순을 양녀로 삼아 이화학당에 장학생으로 유학시킨다. 1972년 101세로 LA에서 별세했다. 2019년 기미년 독립 만세 100주년에 그녀의 기념사업회가 LA에서 추진되었다.

대륙 낭인의 발굽

지상의 법칙 중 하나가
약한 것은 강한 것의
밥이 된다는 것이다.
하늘이 열린 이래
작은 것들은 언제나
큰 것들에게 얹히게 되어 있었다.
작은 것들은 늘 새우가 되었다.

그런데 단 하나의 예외가 있었다.
단 하나의 기적, 단 하나의 오리 새끼,
그것이 바로 니혼(日本)이었다.
메이지유신으로 숨통을 연 후
그들은 비 온 뒤에 풀이 자라듯 무성히 자라났다.

섬은 비옥했고 눈은 째졌으며
손은 간교했고
칼은 피를 보아야 끝이 났다.
하다 못하면

제 배라도 가르며 찬란해졌다.

그러나 본디 섬이 그들의 마당,
그것은 무더위보다도
더 갑갑한 노릇이었다.

샤미센에 피어나는 매화꽃
게다 소리에 감겨오는 뜨락의
대수풀의 눈빛에도
성이 차지 않았다.

낭인들은 말을 달렸다.
그 숨통 트는 길은
대륙주의(大陸主義)밖에 없음을 알았다.

무릎을 탁 칠 수밖에……
한반도로부터 시작하여
만주로 몽고로 시베리아로 가자스라.

검은 개가 달을 삼키듯이
동아시아에
개기일식이 시작되었다.

대륙 낭인(大陸浪人)들의
호기 어린 꿈 하나가

길 가다 돌부리 하나
툭! 차는 듯한 몸짓 하나가
아아, 이 땅에 서른다섯 해 동안
해가 뜨지 않게 했다.

목숨들이 죽어
장작더미로 쌓이고
큰 사람들이
풀로 바스라지고

열여섯 소녀
유관순
그녀가 만신창이 시체로
역사 위에 눕게 했다.

귀향하는 관순이

기적이 울었다.

충청도 땅 천원군 목천면 지령리
서울 유학생
관순의 적삼 속에
뜨거운 화산 하나 담겨 있었다.

기적이 울면
새들도 암호로 따라 울고
가랑잎도 바람도 산자락도
윙윙 울며
남행 열차를 따라갔다.

이 땅에 진동하는 눈물 내음 속에
관순이는 귀향하고 있었다.

* 유관순은 서명학, 김분옥 등 다섯 명의 친구와 결사대를 조직하여 시위에 참가하려 했으나 프라이 학당장의 만류로 실현하지 못한다. 무기 휴교로 기숙사를 나와 사촌언니 애다와 함께 귀향하였다.

* 유애다(柳愛多, 유예도柳禮道, 1896~1989): 유관순의 사촌언니로 이화학당에 다녔다. 1919년 3월 1일 파고다공원의 만세 시위에 유관순과 함께 가담 활약하고 같은 해 4월 1일 고향 천안에서 유관순과 만세 운동을 주도하였다. 나중에 한학자 한철유와 결혼하여 2남 3녀의 어머니가 되었다. 1990년 애족장이 추서되었다.

흙과 노래

둥글고 따스운 흙, 그러나
그 속에 엎디어 사는
풀들은 제일 먼저 흐느낌을 배운다.

둥글고 따스운 흙, 그러나
그 속에 엎디어 사는
풀들은 제일 먼저 육자배기를 배운다.

역마다

짐을 뒤진다.

누더기 주먹밥 실꾸리 갱엿
천자책 돌저울……

털이 수북한 검은 손이
짐을 침략한다.

짐 속에서
한 움큼 햇빛을 끄집어낸다.
햇빛을 발기발기 찢어버린다.

사방으로 흩어지는
건·곤·리·감

황혼이 내리고
기차는 떠나가고.

산들의 노래

어쩌란 말인가.
왜 산들은 말들을 배우지 못했는가.

얼마나 많은 왜구의 발자국
무릇 기하의
원 명 청의 군대가 내 등을 밟았던가.

앉은 자리 더욱 높고 오래가라고
튼튼하고 위엄 있으라고

이 산 위에 올라
얼마나 많은 절대의 목청이
엎드렷! 엎드렷!
소리 질렀던가.
백성의 굽은 허리 더욱 굽으라고
사대주의 가렴주구 당파 싸움 다 하더니

드디어 하늘이 무너져내렸는데

산은 왜 말을 배우지 못했는가.
저렇듯 능선으로만 누워 있는가.

하느님이시여 당신이 주신
조상을 잃어버린
그래서 짐승만도 못한 우리는
저렇듯 능선으로만 누워 있는가

이마에 이마를 대고
침묵에 침묵을 맞댄
산줄기는
언제 말을 배우게 될 것인가.
사시사철 푸른 잎사귀의 말을……

부싯돌 같은 불이

소리가 울린다.

슬픈 사람들의
슬픈 이마가 보일 때까지
소리가 홀로 벌판을 건너간다.

관순이 가고 있다.
쑥버무리 콩강개나 먹을 계집애

그애 발자국마다
부싯돌 같은
불이 튀겼다.

"우리를 지켜줄 이는
저 사대(事大)의 왕가가 아님을,

흙의 주인
우리가 흙을 지켜야 함을……"

"자유는 만인의 생명,

2천만 동포 중에 10분의 1만 각오하면

되는 것을……

아아, 독립이 되는 것을……"

종탑

흥호학교 종탑에서 울리는 종소리
흥호학교를 돌아서
사람들의 귀로 들어간다.
눈으로 들어간다.
들어가서는
너는 노예가 아니라
네 귀는 4천 년 된 귀
네 눈은 4천 년 된 눈
네 입은 4천 년 된 입이라 한다.

관순 아버지
손톱이 쪼개지고
생피를 쥐어짜서 세운 흥호학교
종탑에서 울리는 종소리는

흥호학교를 돌아서
사람들의 귀로 들어간다.
눈으로 들어간다.

도리깨질

일본인 고마도는
소문난 수전노

이잣돈 눈덩이로 불어나자
유중권을 우물 속에 집어넣고
일본도 꺼내어
도리깨질 쳤다.

종소리 속에는
고마도의 이잣돈도
유중권의 끓는 피도 섞여 있었다.

그래서 사람들은
종이 울릴 때면

가슴이 울려서
늘 귀를 틀어막았다.

풀의 노래

우리들은 풀이다.
조선 풀이다.

독말풀 달구지풀 강아지풀 토끼풀
쐐기풀 자귀풀……

풀밭에서는 쇠비린내가 난다.
풀 먹고 싸놓은 쇠똥내가 난다.

모양 내고 번쩍거리지 못하는
피붙이들.

그래도
우리들은 깃발이다.

깃발 하나, 깃발 둘, 깃발 셋, 깃발 넷,
일곱…… 열하나, 서른, 이백, 2천만
조선 깃발이다.

짓밟아도
다시 살아나는
조선의 억새풀이다.

목숨하고 만세하고

씽씽 올라간다.

만세 부르러 올라간다.

짐승 발에 차이고
헌 신처럼 목숨이 찢기는
그 엄청난 소리를 지르러
씽씽 올라간다.

유씨(柳氏) 집안 고명딸
우리 관순이

목숨하고 만세하고
바꾸러 간다.

* 귀향한 유관순은 조인권과 청산(青山)학교 김구응을 만나 "목숨과
바꿀 일을 한번 해보자"고 만세를 약속한다. 김구응의 모친과 부인은
부녀자를 규합하고, 그녀는 애다와 함께 하루 밤낮 70리, 80리를 걸어
만세를 부르자고 호소하였다.

별 같은 것

용기 없는 힘은 힘이 아니다
끓지 않는 피는 피가 아니다

힘은 찬란하고
피는 뜨거운 것
별 같은 것

강물보다 더 먼

시간은 땅 밑으로만 흘러갔다.

"자유가 아니면 죽음을 달라"

땅 속에 묻은 이 말
시간 밖에 던진 이 말

새나가면
목 잘리고
개죽음 당하는 이 말

땅보다 더 깊고
강물보다 더 먼
2천만의 가슴에다 묻어두었다.

티눈처럼
밤이면 아려오는 씨앗으로
깊이깊이 숨겨두었다.

비수

발톱을
고압선처럼 예민하게 세워놓고

바람 닿기만 해도
하얀 재가 되게 불 달구어놓고

온 천지 촘촘한 그물망 쳐놓아도
소문은 비수처럼 꿰어 다닌다.

조준된 총구 앞에
새 한 마리 훨훨 날아다닌다.

* 전국이 3·1만세 사건 후 초비상의 상태가 계속되었다. 유관순은 일
본 헌병을 만나면 친척이 아파 문병 가는 길이라고 했다.

소리 없는 해일

바다가 없는
천원 땅에
소리 없는 해일 일었다.

물고기 하나 새나가지 못하는
완전한 묵계
눈에 안 보이는 옥가락지들
나눠 끼웠다.

지령리 조인원 유중무 유도기 서당 청년들……
송정 김상훈, 왜마루 안동 김씨, 용소(龍沼)의 낚시꾼
들,
청주 땅 방하울의 유씨댁
자포실 평산 신씨댁
백현(栢峴) 큰 기와집 유씨, 성재동 박씨
드무실 유지들……

다음날 무들이(水入) 넘어 황새골 넘어

남산동네 박씨, 속새말 이씨, 발이미 김씨 송씨
한신 이씨
망경대 넘어 조치원 상노정 권씨
한신고개 넘어 보평 이씨, 번게 윤씨
화산, 삽다리 청주 이씨, 모산 주씨
벌터 박씨 장교다리 고개 넘어 진천 땅
금성골 문한산 지나 진천 읍내 이씨……

오라버니 유관옥은 다시 잣밭(栢田里)으로
장명리로 가고

관순과 애다는 청산학교 김구응과
읍내 안창호 목사와
홍씨 부인과
얼음처럼 차가운 옥가락지 나눠 끼웠다.

소리 없는 해일이
바다도 없는

천원 땅에 일고 있었다.

신의 비밀

소리 없는 폭음 속을
관순이는 날아다닌다.

그 비밀 무얼까?
신의 비밀
자유주의자, 신의 비밀

깜장 치마 흰 저고리
보송한 눈을 하고

물집난 발, 알밴 종아리
타는 입술을 하고

누군가
가벼이 쓸어안아주어서
관순이는 훨훨 날아다닌다.

호랑이가 산다는 첩첩 산길도

뱀이 용을 쓰는 잡초 더미도
그애는
십자가 노래 하나로
쓰러뜨리며
홀로 밤길을 날아다닌다.

가벼워지리라

가벼워지리라

불 켠 눈동자 속에
쓰러지면

하고 싶던
무거운 말 한마디
하늘에 대고 크게 외치고
쓰러지면

새털보다 더
가벼워지리라

타오르는 불

고요한 밤
매봉 꼭대기에
봉화 하나 타올랐다.

천안, 안성, 진천, 청주, 연기, 목천까지
순식간에 이 불은 건너갔다.

머리를 두 갈래로 딴
버들가지처럼 작은 계집애
그애의 타는 눈빛으로
켜든 봉화는

산마루마다 수십 개의
응답의 별을 불러왔다.

대낮보다 밝은 밤, 참으로
소름이 끼치는 감동이
불이 되어 타오르고 있었다.

* 1919년 음력 2월 그믐날 밤, 천원군 병천면 지령리 뒷산 매봉 꼭대기에서 유관순이 치켜든 봉화를 신호로 인근 스물네 곳에서 올려진 봉화는 약 두 시간 동안 타올랐다.

불 불 불

구밋들 뒤 우각산에서
우각산 너머 강당산에서
잣밭 뒷산 돌산에서 세성산에서
아우내 장터 뒤 갓모봉에서
우편 봉화대에서
개목산에서 불—
불—
멀리
안성 진천 사이
연화봉에서
광덕산에서
덕산 개마을 뒷산에서 불—
동북쪽으로 화산 덕유산에서
동쪽으로 서림산 구도산에서
동남쪽으로 약사산에서
청주 수리봉에서
백석봉, 남산, 망경대
연기의 울산에서 불—

서남쪽으로 마산 장산에서

불—

소리 없이 타오르는 불—

불—

장꾼의 노래

장에 가세
장 보러 가세
음력 3월 초하루
아우내 장 보러 가세

흰옷 입고 바구니 이고
암탉 들고 삼베 들고
장꾼이 되세

비단 한 자 재다가
고무신 신어보다

전어 갈치금 물어보다
호미 쇠스랑 고르다가

오정의 오포가 울리면
장꾼이 아니라
만세꾼 되세

"아, 대한 독립 만세"

"일본은 느그 땅으로 가거라"
"일본은 느그 땅으로 가거라"
"내 나라 내놔라"

피가 마를 때까지
하늘의 뿌리가 보일 때까지
태극기 휘두르세
만세 부르세

* 3·1운동 최고령 생존자 104세 임엽스님(법명 유정, 경기도 양평 용수사 주지) 증언. 아우내 장터에서 유관순보다 한 살 어린 나이로 만세를 불렀으며, 유관순이 잡혀가던 순간, 가슴에 붙인 천에 적힌 말이라고 증언했다(조선일보 2007. 3. 1).

아우내 장으로

날이 밝자
흰 수건 머리에 질끈질끈 동여매고
삽 쇠스랑 낫 호미 들이
아우내 장으로 간다.

고부 땅 동학군처럼
천둥 품고 간다.

맨 앞줄엔
수신면 성남면 쪽에서
서슬 푸르게 밀려왔다.

홍일선(洪鎰善)이 발의하여
한교선 한동규 이순구가 합세
성남면 이백하 갈전면 김상철이
두 주먹 떨며 모여왔다.

장 문 앞에서 만난 관순에게

불화살이 꽂히듯 뜨거운 눈인사 보내며
순식간에 3천 명이 밀려왔다.

삽 쇠스랑 낫 호미 들이
아우내 장에 왔다

그러나 장터를 감싼 것은
침묵이었다.

"이거 월매유"
"싸유"
"비싸유-우"

그런 말이 있는 장터는 무섭기만 했다.
흰 소름이 뭉게뭉게 돋아났다.

* 그날 아우내 장은 음력 3월 초하루. 양력 4월 1일이었다. 3·1운동이
일어난 지 꼭 한 달 뒤의 일이었다.

장터를 태워버린 마른번개

마른번개가 쳤다.
순간
새 한 마리 부리에 돌풍을 물고
하늘로 치솟았다.

"대한 독립 만세"
"대한 독립 만세"

종교가 논리가 아니듯이
그것은 논리가 아니었다.
자연이었다.
누구도 뺏을 수 없는
하늘이 준 생명이었다.

그것뿐이었다.
3천 명이 휘날렸다.
농기구 위에 매단 태극기가 휘날렸다.
피의 꽃이 피었다.

초목이 흔들렸다.
고무신짝이 튀어올랐다.
생선 궤짝이 엎어지고
떡 광주리가 뒤집어지고
장바닥에서는
향기로운 피 내음이 났다.

원초의 숨결이
뽀오얗게 피어올랐다.

"오등은 자에 아 조선의 독립국임과 조선인의
자주민임을 선언하노라. 차로써 세계만방에
고하야 인류평등의 대의를 극명하며 차로써
자손만대에 고하야 민족자존의 정권을 영유
케 하노라……
조선 건국 4252년 3월 1일"

물결치는 깃발 속으로
기총 알이 튀기 시작했다.
흰옷들이 갈잎처럼 넘어졌다.

적의 헌병 분대원
수비대원이 휘두른 총검에 말발굽에
살점은 조각으로 묻어나고
아우성만이 허공으로 흩어졌다.

* 이날 모인 군중은 약 3천 명. 관순은 밤을 새워가며 만든 5천 장
의 태극기를 이 군중에게 나눠줌으로써 아우내 장은 태극기의 물결
을 이루었다.

눈뜬 둔덕

땅이 찢겼다.
유중권이 죽어갔다.
그의 시체를 안고 관순 어머니는
땅을 치다가
날카론 대창에 찔렸다.
피적삼 입고 두 시체 함께 누웠다.

김구응의 시체를 안고
그의 어머니 최씨는 땅을 치다가
그냥 까맣게 웃었다.

총알이 스쳐갔다.
눈뜬 채로 두 모자 함께 누웠다.

메뚜기가 꿰미에 꿰이듯
늘어선 시체 열아홉 구
피적삼 입고
눈뜨고

하늘 보며 무어라 묻고 있었다.
"하느님, 당신은 진정 계신 건가요?"

그들은 그후
그대로 둔덕이 되었다.

아우내 장터 그늘진 한 켠에
열아홉 둔덕으로
키 맞추고 나란히 누웠다.

하나의 비석으로
하나의 흔적으로 누워
영원히 눈을 뜬 채
하늘 보고 있었다.

흰 뼈로 누우리니

가자 동포여
주재소로 가자

열아홉 시체 태극기에 싸안고
부상한 서른 사람 등에 업고
주재소로 가자

어떻게 할 것인가
이 목숨들
아깝고 그리운 열아홉 이름들

"우리도 죽여라
차라리 죽여라"

내 하늘 아래
당당히 흰 뼈로 누우리니

무기를 버려라

내가 내 것을 내놓으라는데
무기라니······

어떻게 할 것인가
이 목숨들
다시는 못 부를 이 이름들을.

* 이 열아홉 명의 이름은 다음과 같다. 김구응, 김상헌, 박병호, 박상
규, 박영학, 박유복, 박준규, 방치석, 서병순, 신을우, 유중권, 유중오,
윤태영, 윤희천, 이성하, 이소제, 전치관.
* 하오 4시, 만세 군중은 사망자의 시체를 메고 주재소로 밀려가 철조
망을 파괴하고 소방기구를 탈취했다. 이어 면사무소와 우편소를 습격
했다. 전선줄을 끊어버리고 애통해했다.

어떤 겁

주재소장 고야마(小山)는 달아났다.
아아 빠가야로
한낱 죽은 시체가
이렇게 무서운 줄을 그는 몰랐다.

흰 뼈로 누워버린
부상당한 병신들이
머리끝을 하늘로 당길 줄을 그는 몰랐다.

고야마는 얼굴을 하늘로 쳐들지 못했다.
힘도 없는 열아홉 시신
부상당한 서른의 농투성이들이
그의 목을 졸랐다.

날고라니 둘

불질러버린
관순네 집에서
놀라 날고라니처럼 뛰어나온
어린 두 동생은
누가 재워줄까.

그애들이 배고파 대문 두들기면
두려워서
모두들 대문 걸어 잠갔다.

얼룩이 묻을까 무서워서
모른 척 안 들은 척
휙 돌아서버렸다.

* 유관순의 동생 관복과 관석은 이후 유관순의 감방 동지인 어윤희 여
사의 얘기를 듣고 찾아온 개성 호수돈여학교 출신 독립운동가 조화벽
이 돌보아주었다. 조화벽은 유관순의 오빠 유관옥과 결혼해 매년 음
력 3월 1일에 부모의 제사를 지냈다.

싱싱한 걸음으로

아우내에
어둠이 저벅저벅 내려왔다.

관순은 묶여갔다.
새참 시간보다 더 짧은 새
아비 어미 다 잃은 그녀는
만세 부른 장꾼들과 같이
굴비 두름 엮이어
머리채 끌려갔다.

허공 보았다.
하나님 보았다.

그녀는 그래서 무섭지 않았다.
싱싱한 걸음으로 걸어갔다.

조선땅 전체가 감방인데
새삼 갇힐 곳이

어디 또 있을까

* 유관순과 아우내 장터에서 만세 부른 사람들은 그날 천안으로 끌려갔다.

무서운 일

물 먹이면
까무러치고

부젓가락으로 지지면
지지지 탔다.

눈물이 나지 않았다.
힘만 솟았다.

묶여온 사람 중에
제일 어린 계집애
그래서 어른을 대라고
뒤에 선 그림자가
그 누구냐고
부젓가락으로 눈알을 쑤시고
귀를 자르고
머리를 뽑았다.

그러나 그애 입에선
처음부터 끝까지
한마디가 전부였다.

"내가 했다"
"내가 했다"

숨결

멍이 들어
푸른 버섯 같은 손
진물 흐르는 뺨
깃털이 빠지고
다리 절뚝이는
한 마리의 새는
빈사의 하늘을 날았다.

무쇠 창살 속에서
할딱이는 숨결

쇠꼬챙이에 비틀리고
묶여
멀리멀리 보내어졌다.

* 음력 3월 10일 유관순은 공주 감옥으로 이감되었다.

오랏줄

푸른 오랏줄에 묶여
감방을 뒹굴었다.

굼벵이들처럼
꽁꽁 묶여 살았다.

옆방에선 유관옥이
흙빛으로 외쳤다.

아우내 장에서 눈뜨고 죽은
아버지의 얼굴과 꼭 같은 흙빛

굼벵이들처럼 오누이는 뒹굴며
서로를 불렀다.

"만세 만세"
"대한 자유 만세"

어느 방에선가
어윤희 박인덕의 목소리가 따라 나왔다.

"만세 만세"
"대한 독립 만세"

새와 뱀

금테 두른 검사 뱀이 혀를 날름거렸다.
날름거리는 혀가 길게 빠져나와
새 한 마리를 죽이고 있었다.

나무의자에 앉은 새는
꽁지가 빠져
온 힘을 다해 뒤뚱거렸다.

그의 부리에
푸른 하늘 한 조각 물려 있었다.

뱀: 피고 유관순은 서울 이화학당 학생으로 3월 1일
의 서울 시위운동을 보고 3월 13일 귀향하여 양
력 4월 1일 갈전면 병천(葛田面幷川) 장날 독립 시
위운동을 하고자 계획하여 자택에서 태극기 5천
장을 만들어 하오 1시 병천시장에 이르러 3천여
명의 군중을 선동, 태극기를 흔들며 대한 독립 만
세를 고창하였다. 그 죄 엄중히 벌받아야 마땅하

거늘……

새: 그것이 죄라니?
　　내 것을 나에게 돌려달라고 한 것이
　　죄가 되다니……

뱀: 그러나 나이 어린 학생임을 감안하여 7년 구형에
　　3년 실형 언도함 이상.
　　탕 탕 탕

* 공주법원 5월 9일 초심의 기록. 이후 관순은 서울 서대문의 경성복
심법원(고등법원)으로 옮겨졌다(1심 형량은 관련자들의 회고와 증언
에 의존해 6년, 7년, 3년 등으로 연구자들마다 일치하지 않았다. 천
안 지역 향토사학자 임명순 씨가 국가기록원 서류 더미에서 찾은 형
사사건부에 의해, 5년형으로 재판 기록을 바로잡게 되었다. 조선일
보 2007. 2. 26).

또, 새와 뱀

서울 서대문
감옥은 깃털로 미어졌다.
푸른 하늘이
날아다녔다.
자유 부르짖는 소리로
날마다 울창한 숲이었다.
다시 재판 열렸다.
공소장이 낭독되고
심문이 계속되었다.

새: 나는 조선의 딸이오,
    당신네 일본인의 재판을
    조선 사람인 내가 받아야 할
    아무런 이유가 없소.
    그러므로 분명히 말하거니와
    이 재판을 거부하겠소.

회오리바람 일었다.

바람 속에서 금단추 번뜩이며
뱀들이 독을 뿜었다.
거품이 법정을 메웠다.

새: 선량한 백성이 사는 땅에 도적놈이 들어와 그 도적
　　놈을 쫓아내려는 게 무슨 죄가 된단 말인가?

뱀: 피고 유관순.
　　나어린 소녀라 해서
　　베푼 관용을 저버리고
　　끝까지 신성한 법정을 모독했다.
　　본 법정은 법정모독죄를 가산
　　유관순에게 실형 7년 언도한다. 이상.
　　탕 탕 탕

새: 3년이건 7년이건 70년이건 그건 내겐 의미가 없
　　다. 내 나라에서 도적놈을 쫓아내는 것이 문제일
　　뿐……

새는 앉았던 의자를 들어 단 위에 던졌다.

* 경성복심법원에서 실형 7년을 받고 이후 서대문형무소에 수감되었
다. 유관순이 갇혔던 여옥사 8호 감방은 1979년 서울구치소 이전과
함께 철거됐다가 2013년에 복원되었다.

천둥

밤새도록
천둥이 쳤다.

뱀들은 등어리에 패배 느꼈다.
비늘마다 서늘한 서릿발 돋았다

저 눈동자 빛나는 한
저 날개 퍼덕이는 한
뱀은 약탈자일 수밖에 없었다.

하늘에서 푸른 별 하나 내려와
새가 되어

사람들의 깊고 깊은 수렁 속을
날아오르고 있었다.

아무리 묶어놓아도
홀로 날아오르고 있었다.

빈사의 새

관순은
밥알 하나 목으로 넘기지 못하였다.
목에 하늘이 걸려
밥알 따위를 넘어가게 하지 않았다.
땅딸막한 어윤희 아줌마가
그녀 몫을 딸 같은 관순에게
떠먹였지만
그녀는 밥알 하나 넘길 수가 없었다.
만세 부르는 일 말고는
그 어느 것도 안 보였다.
창상, 장독, 화상, 하혈로 나딩굴었다.
그래도
시원치 않아
가축보다 더 천하게 발길질하고
거꾸로 매달고
고춧가루 물 먹였다.
지지고 비틀고
푸성귀 돌멩이보다 더 함부로

으깼다

아아, 사인(死因)

천지가 하얗게 색이 바랜 날
1920년 10월 12일
오전 8시 12분
가던 시계가 갑자기 우뚝 섰다.

하늘에선 유난히
새파란 유성이 그어지고

감방 안에 매달린 알전구가
저 혼자 깨졌다.

새는 파득이던 날개를 마지막 접었다.

"저들은 망한다. 절대로 망하고야 만다"

이 한마디,
작은 비명처럼 흘려 내보내며
꽃모감 부러지듯 고개 떨구었다.

열일곱 해 머물던
조선땅
영원히 떠났다.

그녀의
사인은

꿈속에서조차
말하기 떨리지만, 열일곱 살 그녀의 사인은

살아 있는 이 지상의 모든 핏속에
새겨둬야 하리라
"자 궁 파 열"

* 이화학당 월터 교장이 유관순의 시신을 학교로 운구해왔다. 정동교회
에서 영결식을 올리고 이태원 공동묘지에 안장했으나 도시 개발에 밀
려 묘지가 사라졌다. 1962년 건국훈장 독립장, 2019년 건국훈장 대한
민국장이 추서되었다. 이화여고는 1996년에 명예졸업장을 수여했다.

막을 닫는 노래

그러고도
마을에는 26년 후에야
아침이 왔다.

키 큰 장정들은
물 어린 눈으로
반백을 날리며 돌아왔다.

죽은 처녀의 옷이 펄럭이던
느티나무엔
비로소 파란 싹이 돋았다.

아이들은
느티나무를 돌았다
별이 질 때마다 끝없이
소원을 외며
빙빙 느티나무를 돌기 시작했다.

자유를 꿈꾸는 상징의 새

이숭원(문학평론가)

20년 만에 다시 내는 시집이니 시간의 이야기를 하지 않을 수가 없다. 척박하다는 말로는 실감이 나지 않는 1970년대 중반, 광화문 네거리를 혼자 걸어도 사복 경찰이 다가와 가방 검사를 하였다. 꼼짝없이 소지품을 보여주고 뒤돌아서면 울분이 솟아올랐다. 친구가 기다리는 다방에서는 송창식의 〈고래사냥〉이 울려나왔다. "무엇을 할 것인가 둘러보아도 보이는 건 모두가 돌아앉았네." 우리는 그저 빈 가슴을 쓰다듬으며 비굴한 침묵에 몸을 맡길 수밖에 없었다. 문정희 시인은 그렇게 "시대의 모든 가치와 우리들의 서투른 자유가 마구 업수이여김을 당하고 있는" 이십대의 젊은 시절에 "밤마다 '관순'을 붙들고 갈증과도 같은 열병을 치렀다"고 고백했다. 그 열병의 근원은, 그리고 실체는 무엇이었을까?
　목격자들의 증언에 의하면, 유관순의 사체는 매우 처참했다고 한다. 화상, 창상, 열상에 해당하는 모든 것을 생략하고 시인은 "꿈속에서조차/말하기 떨리지만, 열일곱 살 그녀의 사인은//살아 있는 이 지상의 모든 핏속에/새겨둬야 하리라/'자 궁 파 열'"이라고 잘라 말했다. 피는 생명의 상징이기도 하지만 죽음의 환유이기도 하다. 한 달에 한 번 생명을 잉태할 준비를 했다가 스스로 자궁벽을 허물고 여성의 하체로 흘러나오는 혈액은 여성의 자궁이 살아 있음을 증명하는 창조의 상징이자 새 생명을 얻기 위해서는 몇 차례의 죽음이 준비되어야 함을 알려주는 우주의 신비로운 전언(傳言)이기도 하다. 열여섯에 끌려들어가 열일곱에 세상을 떠난, 그 영어(囹圄)의 1년도 끊임없는 형극의 항쟁으로 보냈던 열사의 자궁에서도 창조와 사멸의 순환을 알리는 피가 매달 흘러나왔을 것이다. 그러기에 자궁은 살아 있는 모든 생명의 근원이자 보금자리. 지금 살아 숨쉬는 모든 존재가, 착상된 수정체에서 출발하여 세상 밖으로 나올 때까지, 탯줄에 매달려 호흡하고 안식하던 우리의 고향인 것이다.

그러므로 우리의 열사가 열일곱의 나이에 자궁 파열로 세상을 떠났다는 것은 두 가지의 상징적 메시지를 전해준다. 젊은 동정녀의 자궁을 파열한 것은 바로 우리 민족의 생명의 근원을 유린한 일이라는 것. 자궁 파열을

핏속에 새겨둔다는 것은 파열된 자궁의 사멸을 딛고 일어서 새로운 창조의 지평을 모색한다는 것. 그 두 가지다. 다시 말하면 그것은 생명을 참살하는 그 시대의 특징을 여실히 대변하면서 죽음의 상징을 통해 새로운 생명의 탄생을 예비하는 이중적 전언을 담고 있는 것이다.

유관순을 죽음으로 몰고 간 원인은 무엇인가? 일제의 탄압이라고 생각하는 것은 피상적인 관찰이다. 일제의 탄압 속에서도 멀쩡히 살아남은 사람이 더 많지 않았던가? 진정한 원인은 좌우를 가리지 않고 온몸으로 돌진했던 그의 행동에 있다. 그는 만세 봉기를 주도했을 뿐만 아니라 재판 과정이나 옥중에서도 저항적 언행을 멈추지 않았다. 이것이 우리의 열사를 자궁 파열로 이끈 근본 이유다. 그는 1970년대보다 생명의 억압과 행동의 통제가 몇 배 더 심했던 일제강점기에 젊음의 절정을 행동의 절정으로 바꾸는 저항적 궤적을 가장 극적인 형태로 보여주고 세상을 떠났다. 유관순이 문정희 시인의 가슴을 때린 것은 바로 이것 때문이었을 것이다. 이것 때문에 시인은 밤마다 열병을 치르듯 유관순을 끌어안고 불면의 시간을 보냈을 것이다.

초고를 완성한 후 10년의 세월이 흘렀다. 그사이에 사회도 변하고 시인도 변하였다. 그러나 유관순에 대한 열애는 시들지 않았다. 시인은 작품을 고치고 가다듬어 1986년 9월 한 권의 장시집으로 출간하였다. 이 시집을 내면서 시인은 "그냥 뼈가 시립기만 할 뿐"이라고 짧게 소감을 말했다. 그리고 그 다음에는 더 작은 목소리로 "이 시를 처음 시작했을 때나 지금이나 세상은 여전히 우울하고"라고 말하는 것을 잊지 않았다. 1970년대 중반이나 1980년대 중반이나 생명 억압의 기제는 변하지 않았음을 암시한 것이다. 10년이 넘는 세월이 흘렀지만 한국 사회는 여전히 유관순이라는 상징적 존재가 필요한 상황이었다. 그로부터 20년이 지난 지금도 그 상징성은 여전히 유효하다고 나는 믿는다.

여기서는 상징성만이 아니라 표현미학식 차원에서

『아우내의 새』가 지금도 살아 있는 문학의 징표로 작용한다는 몇 가지 단서를 제시하려 한다. 이 작품은 45편의 단시로 구성되었는데 각각의 단시는 독립된 제목을 갖고 있고 거기 부합하는 시적 완결성을 지니고 있다. 따라서 각각의 작품을 떼어놓고 보면 상징과 은유로 가득 찬 개별적인 한 편의 작품으로 읽을 수 있다. 그런데 이 단시들이 서로 연결되면서 전체적인 사건의 윤곽을 잡아가고 사건과 사건을 연쇄시킨다. 그리고 각 시편의 서로 다른 호흡이 그때그때의 상황에 따른 긴장과 응축, 분노와 격정의 가락을 연출해낸다. 요컨대 단시의 연합이 서사시의 기능을 충실히 수행하는 것이다. 그런 점에서 이 작품은 서정시의 기본 정조를 유지하면서 서사적 공간을 포용하는 독특한 성취를 보인 것으로 평가된다.

유관순의 의거 행위와 죽음에 이르는 과정은 우리들도 어느 정도 그 내용을 알고 있는 것들이다. 따라서 시인은 사건 전달의 측면보다는 표현의 측면에 중점을 두었다. 유관순이 보인 행동의 시대적 의미라든가 소녀의 내면에서 솟아오른 순결한 열정이 부각되도록 시적 장

치를 동원하여 표현의 세부에 힘을 기울인 것이다. 특히 정확한 자료 조사와 현장 검증에 의해 사건의 사실성이 생생히 살아나도록 구성한 점은 특기할 만하다. 지명이나 인명을 사실 그대로 열거할 때 솟아나는 현장적 역동감은 한 편의 드라마를 대하는 것 같은 핍진감을 불러일으킨다. 또 유관순을 자유를 향해 날아오른 새로 비유하고 취조하는 검사나 판사를 뱀으로 비유하여 극시의 형식을 취함으로써 극적 긴장감과 감동을 고취한 것도 다른 서사시에서 보지 못한 새로운 방법이다. 요컨대 사실적 역동감과 극적 핍진성을 통해 과거의 화석을 대하는 듯한 응고된 호기심에서 벗어나 현실의 비극을 목격하는 듯한 실체적 감동을 불러일으킨 점이 이 작품의 가장 큰 강점이다.

지령리 조인원 유중무 유도기 서당 청년들……
송정 김상훈, 왜마루 안동 김씨, 용소(龍沼)의 낚시꾼들,
청주 땅 방하울의 유씨댁
자포실 평산 신씨댁

백현(柏峴) 큰 기와집 유씨, 성재동 박씨
드무실 유지들……

다음날 무들이(水入) 넘어 황새골 넘어
남산동네 박씨, 속새말 이씨, 발이미 김씨 송씨
한신 이씨
망경대 넘어 조치원 상노정 권씨
한신고개 넘어 보평 이씨, 번게 윤씨
화산, 삽다리 청주 이씨, 모산 주씨
벌터 박씨 장교다리 고개 넘어 진천 땅
금성골 문한산 지나 진천 읍내 이씨……

오라버니 유관옥은 다시 잣밭(栢田里)으로
장명리로 가고

관순과 애다는 청산학교 김구응과
읍내 안창호 목사와
홍씨 부인과

얼음처럼 차가운 옥가락지 나눠 끼웠다.

—「소리 없는 해일」부분

거사가 일어난 충남 천안 지역은 내륙 지방이어서 해일이 일어날 리가 없다. 그러나 유관순이 일으킨 거사의 물결을 시인은 '해일'이라 일컬었다. 해일이란 무엇인가? 해저의 지각 변동이나 해상의 기상 변화로 갑자기 바닷물이 크게 일어나 육지로 넘쳐 들어오는 것을 말한다. 여기서 '갑자기'라는 말이 중요하다. 겉으로는 아무 일 없는 것처럼 평탄한 바다였는데 갑자기 바닷물이 크게 일어나 아우내 장터에 3천 명이 넘는 사람이 모여 태극기를 흔들며 만세를 부른 것이다. 보름이 넘는 기간 동안 철저하게 비밀을 유지하여 조직망을 연결해두었다가 일시에 총궐기하였으니 그야말로 "소리 없는 해일"이라 할 만하다.

유관순은 머리에 수건을 뒤집어쓰고 아주머니로 행세하며 검문에 걸리면 친척 병문안 간다고 둘러대며 천안, 안성, 진천, 청주, 연기, 목천 지역을 걸어서 돌아다니며 그곳의 유지들을 만나 동지를 규합하였다. 그런데도 철저하게 비밀이 유지되고 "완전한 묵계"가 지켜져 침묵의 해일이 아우내로 집결된 것은 거사에 참여한 사람 모두가 일심으로 대동단결하여 오로지 하나가 되었기 때문이다. 판소리의 한 대목을 연상시키는 위의 구절은, 누구의 권유에 의해서가 아니라 스스로의 선택과 의지에 의해 구국의 뜻이 전파되는 장면이, 그야말로 소리 없는 해일이 이곳에서 저곳으로 밀려가는 형상으로, 하나의 속삭임이 든든한 언약으로 변화하는 형상으로 감동적으로 표현되어 있다.

여기 열거된 지명들은 누구에게도 빼앗길 수 없는 우리의 땅 이름이다. 남이 강압으로 탈취한 것이면 응당 우리 것으로 되찾아와야 할, 누천년 전부터 거기 조상들이 뼈를 묻고 살았으며 우리의 육신도 반드시 그곳에 묻혀야 할, 우리의 고향이요 뿌리요 대모신(大母神)의 자궁의 이름이다. 방하울, 자포실, 백현, 무들이, 황새골, 속새말, 발이미, 벌터, 잣밭은 단순히 지도상에서 찾아낸 이름이 아니라 우리의 피와 뼈 속에 그대로 스며들어 살아 숨쉬는 이름이다. 생명의 자궁 속에 깃들여 살던 순하디순한 사람들이 빼앗긴 땅을 다시 되찾아보겠다고 맨손으로 태극기만을 흔들며 아우내 장터에 모인 것이 아니던가? 그 땅의 이름과, 거기 모인 여러 가지 성을 가진 백성(百姓)의 이름이야말로 유관순과 동체가 된 이 땅의 영원한 자궁, 생명 창조의 근원들이다. 자궁벽이 허물어져 피가 흐르면 한 달 후 다시 새로운 생명을 맞이하기 위한 모태가 든든히 마련되듯이, 아우내에 모인 백성들이 희생의 피를 흘림으로써 민족의 정기가 새롭게 살아나게 되었다. 그토록 장엄한 역사의 봉화가 피어오를 수 있도록 매듭을 얽은 존재가 바로 "솜털 손목"가진 작은 "풀꽃", 작은 깃털로 몸을 덮은 우리의 "새" 유관순이었다.

1919년 음력 2월 그믐날 밤, 우리의 풀꽃, 우리의 새가 일으킨 해일은 거사를 알리는 봉화를 매봉 꼭대기로부터 시작하여 인근 스물네 곳 봉화대에 연이어 피어오

르게 하였으니, 물이 불로 바뀌는 장관을 시인은 다음과
같이 표현하였다.

　구믹들 뒤 우각산에서/우각산 너머 강당산에서/잣밭
뒷산 돌산에서 세성산에서/아우내 장터 뒤 갓모봉에서/
우편 봉화대에서/개목산에서 불─/불─/멀리/안성 진
천 사이/연화봉에서/광덕산에서/덕산 개마을 뒷산에서
불─/동북쪽으로 화산 덕유산에서/동쪽으로 서림산 구
도산에서/동남쪽으로 약사산에서/청주 수리봉에서/백
석봉, 남산, 망경대/연기의 울산에서 불─/서남쪽으로
마산 장산에서/불─/소리 없이 타오르는 불─/불─
　　　　　　　　　　　　　　　　─「불 불 불」 전문

　여기 열거된 갖가지 지명이 무엇을 의미하는지 이제
독자들은 충분히 그 뜻을 이해할 수 있을 것이다. 그것
은 민족의 삶이며 역사고 생명의 원천이다. 그믐날 밤 어
둠을 밝힌 봉화는 그 나믐날 아우내 장터에 장꾼들을 모
이게 하였는데, 타고난 배우도 아니오 농사짓고 나무하

며 살아온 "조선의 억새풀"인 그들이, 가슴엔 천동과 낫을 품고 왔지만 겉으로는 천연덕스러운 장꾼으로 갈치 값을 흥정하고 너스레를 피웠으니, 세계 어디에서도 찾아볼 수 없는 "완전한 묵계"의 철저한 이행이었다. 정오가 되자 군중들은 일시에 태극기를 흔들며 만세를 외쳤고 일본군의 잔인한 진압 과정에서 많은 사람이 희생되었다. 그럼에도 불구하고 군중들의 저항은 가라앉지 않았다. 그들의 행동은 "논리"가 아니라 "자연"(「장터를 태워버린 마른번개」)이었기 때문이다. 억압을 부수고 자유를 찾고자 한 "원초의 숨결" 그 자체였고, 자궁에 내장된 생명의 원리를 따른 것이었다. 그런 점에서 유관순은 자궁이 지시하는 생명의 물길을 충실히 따라간 자유의 새였다. "근세에 보기 드문 완벽한 자유주의자"라는 시인의 말은 참으로 옳다!

자유의 하늘을 찾아 삼천리강토를 짓누른 어둠의 감옥 위로 날아오른 새에게 다가온 운명은 죽음일 수밖에 없었다. 「새와 뱀」「또, 새와 뱀」 두 편에서 뱀에게 맞서

당당하게 자기주장을 펴는 새의 목소리가 법정을 울린다. 유관순은 법정에서만이 아니라 옥중에서도 자신의 뜻을 굽히지 않고 독립 만세를 불렀다고 한다. 자유와 생명에 대한 그의 집념이 논리의 차원을 벗어난 것임을 잘 말해주는 사례다. 그럼에도 불구하고 그는 한 사람의 젊은 여성이었던 것. 불굴의 의지를 가진 의사와 열사이기 이전에 자유를 갈망하는 살아 있는 인간이었던 것. 끝까지 자신의 꿈을 추구하지만 자신의 선택에 의해 비극적 순명(殉名)을 맞이할 수밖에 없는 약한 생명체였던 것. 그 장면을 시인은 다음과 같은 상징으로 묘사하였다.

나무의자에 앉은 새는
꽁지가 빠져
온 힘을 다해 뒤뚱거렸다.

그의 부리에
푸른 하늘 한 조각 물러 있있다.
———「새와 뱀」 부분

현실의 측면에서 솔직히 자인하자면 유관순은 나무 의자에 몸이 묶인 채 꽁지가 빠져 뒤뚱거리는 연약하고 가련한 존재다. 그러나 그는 어떤 순간에도 푸른 하늘 한 조각을 입에서 놓지 않았다. 이것이 그의 "자연"이요 "생리"였기 때문이다. 그리고 그것은 생명 가진 모든 존재의 자연이고 생리임을 죽음을 통해 우리에게 가르쳤다. 그 깨우침, 그리고 그 깨우침을 담은 상징은, 형편없이 자유가 유린된 1970년대에도 또 1980년대에도, 그리고 지금 21세기 글로벌 시대에도 여전히 유효하다. 그래서 문정희의 『아우내의 새』는 삼천리강토 위에 다시 날아오를 권리가 충분히 있다. (2007. 6.)

아우내의 새

ⓒ 문정희 2019

초판 1쇄 인쇄 2019년 11월 11일
초판 1쇄 발행 2019년 11월 20일

지은이 │ 문정희
펴낸이 │ 김민정
편집 │ 유성원
표지 디자인 │ 최윤미
본문 디자인 │ 이주영
마케팅 │ 정민호 박보람 나해진 최원석 우상욱
홍보 │ 김희숙 김상만 오혜림 지문희 우상희
제작 │ 강신은 김동욱 임현식
제작처 │ 영신사

펴낸곳 │ (주)난다
출판등록 │ 2016년 8월 25일 제406-2016-000108호
주소 │ 10881 경기도 파주시 회동길 210
전자우편 │ nandatoogo@gmail.com 트위터 @blackinana 인스타그램 @nandaisart
팩스 │ 031) 955-8855
문의전화 │ 031) 955-8890(마케팅), 031) 955-8865(편집)

ISBN 979-11-88862-55-9 03810